SONNETS

PARISIENS

PAR

PAUL VIBERT

TENDRESSES, CAPRICES, TRISTESSES, ETC.

3e ÉDITION

Prix : 1 franc

PARIS

A. GHIO, ÉDITEUR

Palais-Royal, 1, 3, 5, 7, Galerie d'Orléans

1880

SONNETS

Parisiens

Arcis-sur-Aube. — Imprimerie Léon FRÉMONT.

SONNETS

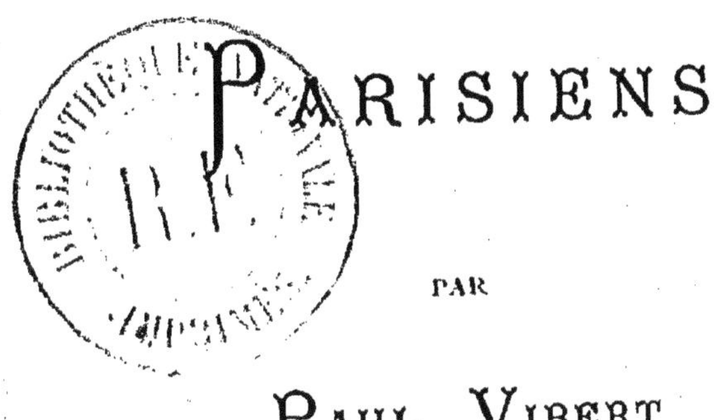

PARISIENS

PAR

Paul Vibert

PARIS

A. GHIO, ÉDITEUR

Palais-Royal, Galerie d'Orléans, 1, 3, 5, 7

—

1880

Dédicace

A SA MAJESTÉ LA REINE MARGUERITE

—

La noble Marguerite, à l'aurore oppressée,
De son disque éclatant, laisse échapper un pleur,
D'allégresse ou d'amour, peut-être de douleur ;
Qui dira si la plante est joyeuse ou blessée ?

Cette larme divine, aussitôt enchâssée,
Par l'habile burin d'un heureux ciseleur,
Garde au sein du métal la grâce de la fleur ;
Elle sourit dans l'or, où mon fils l'a placée !

Perle pure et sans tache, un art étincelant,
L'a trempée aux rayons de votre ciel brûlant,
Pour la rendre, Madame, à sa royale tige,

Ainsi que la jérose, au vase de l'autel,
L'aster a refleuri, par votre doux prestige ;
Et le joyau devient, sous votre œil immortel !

THÉODORE VIBERT.

TENDRESSES

MES SŒURS

—

A MADAME CÉLESTE SALOMÉ

—

La nature autrefois me fit don d'une sœur,
Pour moi, petit enfant, dont l'âme était si tendre,
Ce fut, je vous le jure, un bien rare bonheur ;
Mais les anges du ciel n'ont pas voulu l'attendre !

Un soir elle mourut !... En voyant ma douleur
Et mes larmes d'enfant qui ne sait se défendre,
Le Seigneur s'attendrit et consola mon cœur
En me disant tout bas, qu'il allait me la rendre.

Blanche, éclose un matin sous le toit désolé,
Répandant au logis le rire consolé,
Eteignit à jamais les feux de ma tristesse.

Mais, Madame, aujourd'hui jugez de mon ivresse :
Je devais une sœur à la bonté des cieux ;
Je vous dois maintenant d'en pouvoir aimer deux !

SOUVENIR

—

Te souviens-tu de ce jour de bonheur
Où sur les flots de la mer azurée,
Nous écoutions la chanson du pêcheur :
Se détachant sur la vague dorée ?

Oh ! comme alors était brûlant mon cœur,
En contemplant ta figure adorée;
J'aurais voulu, plein d'une tendre ardeur,
Eterniser de ce jour, la durée !

Il est passé cet instant plein d'amour,
Qui disparut avec l'astre du jour,
En me laissant charmante rêverie.

Alors !.... alors comme j'étais heureux
De voir le vent onduler tes cheveux
Et te bercer tendrement, ô Marie !

A LA PLUS BELLE

—

A Mlles MARGUERITE ET ROSINE DELAVILLE

—

L'on dit qu'un jour Pâris était embarrassé :
Il voyait devant lui trois beautés merveilleuses,
Divines toutes trois, de grâces fabuleuses ;
Il sentait le courroux, sur son front, amassé !

En lui-même il pensait : — n'était-ce pas sensé ? —
Couvant d'un chaud regard ces croupes orgueilleuses,
Qu'il avait tout à craindre avec ces enjôleuses ;
Voilà pourquoi sans doute il était peu pressé.

Cependant, maladroit, il crut donner la pomme
A la plus belle ; sot ! chez les Dieux, qu'on me nomme
Un seul qui l'eût osé ; je n'en vois aucun d'eux !

Sur mon honneur, je plains grandement le pauvre homme ;
Pour éviter l'écueil d'un choix si hasardeux,
Enfants, il me faudra couper la pomme.... en deux !

MINETTE

Tu connais bien l'adresse de ma chatte,
Sa patience à rester au logis
Tout un grand jour, attendant les souris,
Calme, tranquille et sans bouger la patte.

Hier encor l'affreuse scélérate,
Il faut le dire, avec un art exquis,
Martyrisait, sur les fleurs du tapis,
Une pauvrette, hélas ! bien délicate.

Cruel talent d'un esprit odieux
Trouvant à nuire un motif glorieux ;
La bête fuit à moitié dévorée ;

Toute agonie amuse le vainqueur ;
Voilà pourtant, ma minette adorée,
Ce que tu fais chaque soir de mon cœur !

A MA SOEUR
Au bas de ma photographie

—

Pourquoi ce geste admiratif?
Si tu veux savoir le mystère
De ce portrait superlatif,
De cette beauté mensongère,

* * *

De ce grand air contemplatif,
Que tu ne me connaissais guère;
De cet œil illuminatif,
Ignoré, sur notre hémisphère,

* * *

De ce grand front intellectif,
Digne des temps du vieil Homère,
Oui, si tu veux le vrai motif,

* * *

Je te le dirai bien, ma chère,
Simplement — car je suis naïf —
C'est que vois-tu, je suis... ton frère !

CURIOSITÉ

Est-ce elle que j'ai vue à l'opéra lundi,
Dans la loge de droite, étonnée et rêveuse ?
Est-ce la blonde enfant aux fleurs de scabieuse
Du bal de l'ambassade où l'on dansait mardi ?

Je ne me trompe pas, oui, c'est la milady,
Rencontrée à Trouville, alerte, audacieuse !
Ou serait-ce plutôt la belle voyageuse,
Aperçue un instant, durant l'après-midi ?

Qui pourra me tirer de cette peine extrême,
(Nous sommes en janvier), avant la mi-carême,
Et dire sans broncher : regarde, la voilà ?

Je donne dix louis, sans arrière pensée,
Pour la voir à l'instant, ici, comme cela.
— Qui, pour l'amour de Dieu ? — Parbleu, ma fiancée !

A Mlle JEANNE ***

Au temps de Léon dix, un peintre original,
Puisant dans son amour la beauté sans mélange,
Sur un corps enchanteur, mit une tête d'ange,
Fondant l'âme et la chair d'un pinceau virginal,

Il sut jeter la flamme à ce front sidéral ;
Il sut diviniser cette figure étrange,
Lui, l'amant indompté, qu'enviait Michel-Ange,
Enivré d'infini, l'artiste magistral !

Bien souvent j'ai rêvé de cette enfant superbe,
Quand l'esprit flotte aux cieux, que les pieds foulent l'herbe
Poursuivant l'inconnu, comme il l'a burina !

C'est ainsi que ce soir en vous voyant si crâne,
Sous cet habit romain de la Fornarina,
Votre grâce et votre air m'ont fait songer, ô Jeanne !

2.

MA VOISINE

—

Lorsque le soir, ma fenêtre entr'ouverte,
Laisse arriver tes chants mélodieux,
J'écoute, ému, dans ma chambre déserte,
Ta fraiche voix, aux accents gracieux.

Quel est ton nom, est-ce Blanche, est-ce Berthe ?
J'ignore encor la couleur de tes yeux,
Et, cependant, musicienne experte,
Mon cœur te suit emporté vers les cieux.

Sans t'avoir vue, ô douce jeune fille,
Sans posséder un bout de ta résille,
J'aime à rêver au bruit de tes accords.

Qui nous dira, doux mystères de l'âme,
Comment un soir vous naissez, pure flamme,
Mystique ivresse, et vous, chastes transports !

A LA PRINCESSE ALICE DE.....

En vous voyant, hier, passer rieuse et folle,
J'ai senti mon cœur s'envoler ;
Enfiévré, j'écoutais votre caquet frivole,
Sous un doux charme, sans parler.

Depuis ce long regard, vous fûtes ma boussole ;
Le salon aurait pu crouler,
Vous étiez là, charmante... et rose, chère idole,
Il fallait bien capituler !

Ce qui m'a troublé la cervelle,
C'est le dirai-je, enfant, votre pied si mignon,
Votre gorge d'ivoire, enfin votre chignon.

Mais à quoi bon, tendre cruelle,
Venir vous rappeler aujourd'hui tout ceci,
Je vous ai fait valser et vous ai dit merci !

MISSIVE

Vous demandez ce qu'on fait loin de vous,
Seul à Paris, tout un été, Baronne;
Si l'on s'amuse et si la Seine est bonne,
Si l'air est chaud ou si les soirs sont doux.

Pour moi je rêve à vos yeux andalous,
A vos chansons, à votre gant, mignonne,
A vos cheveux, où la brise frissonne...
Sur mon honneur, parfois je suis jaloux !

Je pense encor à la saison passée,
Où le matin vous rentriez glacée,
Après le bal, en me serrant la main ;

Et puis le jour à la longue visite,
Où vous avez... mais chut ! j'irai demain
Jusqu'au château, c'est pourquoi je vous quitte !

CAPRICES

LE SKATING RINK

Est-il plaisir plus doux, pendant l'hiver, comtesse,
Que d'aller patiner au bois de trois à cinq,
Est-il plus beau motif de montrer son adresse,
Coquettement vêtue : édredon ou lasting ?

Sans gelée aujourd'hui, vous goûtez cette ivresse,
Comme à Saint-Pétersbourg, chaque soir au Skating,
Le champ vous est ouvert, ô belle enchanteresse,
Cela ne coûte pas une livre sterling !

Anglais, hommes du Nord, blondes Américaines
S'élancent, tournent, vont en gracieuses chaînes
Que bercent les accords d'un orchestre écossais,

Et s'il faut mon avis sur ce jeu plein d'attraits,
Ma foi, je vous dirai sans souci des gazettes :
Je trouve que ça va comme sur des... roulettes !

FAUX SERMENT

—

Forme aux doux attraits, beauté féminine,
Contours gracieux, profil séducteur,
Taille souple et droite, œil provocateur,
Nuque blonde ou brune, oreille divine,

* * *

Seins remplis d'émoi qu'à peine on devine
Au léger tic-tac d'un trop tendre cœur,
Mollets blancs et ronds, long regard vainqueur,
Irrésistible oui, refus qui chagrine,

* * *

Protestations qu'emporte le vent,
Je vous ai maudits, hélas, bien souvent,
Bien souvent j'ai dit : au diable vous donne !

* * *

La femme est trompeuse et je ne veux qu'or !
Fi de votre amour ! je vous abandonne !
Eh bien ! malgré moi, je vous aime... encor !

LES TSIGANES

Avec leur teint bronzé, leur air national,
Ils étaient au plus vingt à la czarda hongroise ;
Une valse entrainante, à la marche sournoise,
Retenait le public affamé d'idéal.

Combien de fois j'ai vu le galop infernal
Pétrifier sur place une jeune bourgeoise,
Arrêter un gommeux buvant sa bavaroise ;
Tant était grave et doux leur archet magistral.

Johan Strauss tout entier, sous leur main implacable,
Répandant ses chansons comme des grains de sable,
Plus d'un parisien y restait jusqu'au soir.

Ces Tsiganes semaient les flammes de l'aurore,
Ils apportaient la joie après l'âpre devoir,
Ils étaient la jeunesse énivrante et sonore !

UN MONSIEUR QUI PREND LA MOUCHE !

—

Ce qui me plait en vous, à l'éclat des lumières,
Vous ne le savez pas, madame, et cependant,
Je n'oserais le dire à moins d'être imprudent ;
Non, ce n'est pas l'ardeur de vos riches rivières ;

Le charme de vos yeux, vos grâces printannières,
Votre rire malin, suivi d'un mot mordant ;
Je connais tout cela, moi, votre confident,
Et ce n'est même pas vos mondaines manières.

Ce n'est pas, croyez bien, votre bel éventail,
Ni ceci, ni cela, ni tel autre détail
Qui parfois en rêvant m'obsède et me lutine.

Eh bien, ma foi, tant pis, prenez votre air moqueur,
Riez jusqu'à demain : c'est la mouche mutine
Placée, à gauche, auprès, tout près de votre... cœur !

SOUVENIR DU QUARTIER LATIN

—

Si vous m'en croyez, la Vadrouille
A bien organisé son bal ;
Ce n'était pas déjà si mal
Et certe elle n'est pas bredouille.

Ce qui de plaisir nous chatouille,
C'est qu'en notre retour final,
(Un tantinet original),
Nous avons su fuir la patrouille !

Et n'est-il pas vrai, messeigneurs,
Que vos deux compagnes : mes sœurs !
Furent nos anges protecteurs ?

Car parmi les plus douces choses
En verrez-vous de moins moroses,
Chers, que les bluets et les roses !

ENIGME

—

Un sonnet ? O belle inconnue !
Comment faire pour s'en tirer ?
Je dois encor tout ignorer :
Visage, épaule, gorge nue.

En ma triste déconvenue,
Je ne saurais bien murmurer,
Qu'un seul mot d'amour et jurer :
Que vous fûtes trop ingénue !

Pourquoi ce dur incognito ?
Quand vous auriez pu subitò
Eclairer mon âme étonnée.

Saurai-je à coup sûr samedi,
Quelle grâce, moins bâillonnée,
Doit chanter mon vers arrondi ?

A DE JEUNES MARIÉS MILLIONNAIRES

—

Tout l'hiver, vous avez bals et fêtes,
Grands raouts et festins somptueux ;
Vous valsez, vous chantez et vous êtes
Ereintés, ô pauvres fastueux.

En avril, méprisant les tempêtes,
Vous partez au pays montueux (1)
Quelle ardeur à faire des conquêtes..,
Mondaines, ménage vertueux !

En été, c'est la mer; et la grève
Vous attend, charmante comme un rêve.
Mais bientôt il faudra s'enrhumer;

L'automne, la chasse revient vite...
Comment donc trouvez-vous au vieux gîte,
Un seul jour à pouvoir vous aimer !

(1) Nice.

3.

A UNE COQUETTE

—

Vous rêvez de parure,
Dentelles et bijoux;
Vous aimez le murmure
Des flatteurs à genoux.

Mais je vous en conjure,
De leurs jolis yeux doux
Redoutez la piqûre
Et prenez garde à vous.

Pourquoi donc cette mine ?
Vous songez, j'imagine,
A quelque charmant tour.

Si vous voulez m'en croire,
La plus belle victoire
Est céder à l'amour !

VICTOIRE

—

L'amour
Flamboie,
Guerroie,
Un jour.

* * *

Je ploie ;
Humour
Détour
Emploie.

* * *

Autour
L'Adour
Séjour.

* * *

De joie
Ondoie
Ma proie !

BOUTADE

—

Pourquoi, trompeuse fille,
Me parlez-vous d'amours ?
Par pitié, ma gentille,
Fuyez les pour toujours ;

Faites courir l'aiguille
Sur vos jolis atours,
Volez sous la charmille
Oublier les pastours.

Cupidon par ses armes
Fait couler trop de larmes
A tout cœur bien épris.

Mais celui qui l'ignore
Croyez-moi, chère Laure
Du bonheur sait le prix !

TRISTESSES

LE VER ET L'ÉTOILE

—

Souvent dans le salon, je l'écoutais chanter,
J'écoutais sa voix pure et son timbre sonore,
En savourant Schumann dont l'Europe s'honore,
Sans croire que jamais cela put s'arrêter.

Le bonheur était grand et pour le mériter,
Pour lui dire à genoux : « oh ! Diva, que j'adore,
Répétez ces bémols que votre gosier dore ! »
J'aurais donné ma part de ciel, sans hésiter.

J'ai passé plus d'un soir dans cette sainte ivresse
Trop docile victime, hélas, de ma tendresse.
Aujourd'hui, pauvre fou, pleure sur ton amour !

Vain pionnier d'idéal, mets un frein à ton zèle !
Le temps n'est plus vraiment, où l'humble troubadour
Pouvait donner son cœur à haute damoiselle !

SCRUPULE

—

Je l'avais rencontrée un soir de cet hiver
Au boulevard Haussmann dans un bal de finance ;
Vive, belle, adulée et pleine d'élégance ;
Elle avait dix-huit ans et s'appelait Esther.

Comment lui résister ? A ce jeu, le plus fier
Certe eut perdu son cœur au roulis de la danse,
C'est bien ce que je fis, sans la moindre prudence ;
Au matin je l'aimais, cela me parut clair !

Je lui plaisais beaucoup, elle était riche et douce ;
Je tenais le bonheur, le vrai, que rien n'émousse :
Quelques instants plus tard, seul, chez moi, je pleurais...

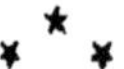

Je pleurais mon beau rêve allant à la dérive,
Mon pauvre amour défunt envolé pour jamais ;
La jeune fille était une adorable... juive !

LA MORGUE

La Seine dans Paris coulait paisiblement
Au milieu de ses quais effacés dans la brume,
Et ses flots argentés, sans remous, lentement,
S'en allaient, à regret, sous leur légère écume ;

A peine dans la rue un seul flâneur qui fume,
Un cocher aviné qui frappe sa jument ;
Un cadavre gisait, ne craignant plus le rhume,
Sur le funèbre lit du morne monument.

Deux pêcheurs de la mort l'avaient à la rivière
Arraché lestement, mais non pas par pitié,
Car chacun réclamait la récompense entière !

Nos sauveurs se battaient : — « A chacun la moitié,
« Dit l'austère gardien, tenez, voici la prime,
« Quinze francs, mes amis, c'est assez par victime. »

L'AVENIR

—

Il en est pour lesquels l'avenir, plein de joie,
Offre l'image du bonheur,
Qui toujours devant eux trouvent libre la voie,
Et butinent de fleur en fleur.

Oh ! comme ils sont heureux ! jamais leur front ne ploie,
Sous le fardeau de la douleur ;
Dans les flots du plaisir leur tristesse se noie,
Quoi pourrait agiter leur cœur ?

L'avenir !.... ah ! pour moi, c'est le désespoir sombre,
C'est l'inflexible mort, c'est les soucis sans nombre,
C'est l'inconnu mystérieux.

L'avenir !.... serait-il le baiser d'une femme ?
Serait-il son amour, son haleine de flamme,
Et son regard parlant des cieux ?

LUNE DE MIEL

—

Un soir de noce, et j'ai bonne mémoire,
J'ai fait danser la blonde enfant d'Upsal ;
Elle arrivait des grottes de Fingal...
Cela serait une bien longue histoire.

Pudique et blanche en sa robe de moire,
Ses cheveux blonds, comme un bandeau royal,
Couvraient encor d'un reflet virginal
Un front plus pur que le plus pur ivoire.

Jusqu'au matin l'un à l'autre enlacés,
Que nous riions par la valse bercés,
Buvant à flot la folie et l'ivresse !...

Mais le bonheur, sans laisser un lambeau,
Avant le mois suivit l'enchanteresse ;
— Dors, chaste fleur, effeuillée au tombeau !

AU BAL DE L'OPÉRA

Au milieu de la foule affolée et soyeuse,
Des sombres dominos et des loups assassins,
Des pierrots débraillés s'en allant par essaims,
Aux diaboliques sons d'une valse joyeuse,

Sous le charme puissant d'une main amoureuse
Cadençant sur mon bras le rhythme des refrains,
Enivré d'harmonie et sur les chauds écrins,
Les yeux fermés, j'allais, ô chère curieuse...

— « Méditer sur l'amour dans ce temple d'Eros,
« Sous le magique archet du maître Johan Strauss, » —
Direz-vous, et rêver que la plus douce ivresse...

— Non, ma foi, je pensais, qu'un jour tout doit mourir :
Les femmes et les fleurs, la beauté, la jeunesse,
Même l'opéra, tout, jusqu'à ton souvenir !

CONTRASTE

Un cierge sur le mur décrit, sombre et livide
Au milieu de la nuit, le noir profil d'un corps ;
Le vent lugubre et froid souffle et pleure au-dehors,
Comme aux jours d'autrefois le temps n'est plus rapide.

Pourquoi, triste douleur, de ta main homicide
Viens-tu frapper ces gens si joyeux jusqu'alors !
Pourquoi livrer sans crainte à tes cruels transports,
L'épouse désolée et qui reste stupide ?

Bientôt paraît le jour, qui va furtivement,
Eclairer jusqu'au fond l'alcôve en un moment :
C'est là qu'est le berceau près du cadavre blême.

Et dans cet humble nid repose l'enfant blond,
Qui, douloureux contraste, en cet instant suprême,
Pousse des cris de joie et rit au moribond !

LA NOCE

—

Ils cheminent joyeux, saturés de bonheur,
Les yeux étincelants, la poitrine oppressée,
Aux agrestes accords d'un piston tapageur,
Dont l'écho jette au loin la note cadencée.

Admirez leurs ébats, écoutez la rumeur
De la noce animant la paisible chaussée,
Les propos amoureux du brillant épouseur
Et le rire câlin de la belle encensée ;

En les voyant ainsi, j'étais silencieux,
L'âme pleine de trouble et le cœur soucieux :
Le présent danse et rit ; demain gronde le doute.

Soyez heureux, enfants ! soupirai-je tout-bas,
Chassez les noirs soucis qui pleurent sous vos pas;
Parsemez aujourd'hui, de roses, votre route !

DÉSESPOIR

—

Je crus à l'avenir de même qu'au bonheur,

J'ai chanté les amours dans un tendre délire ;

Mais aujourd'hui le doute est entré dans mon cœur,

J'ai pleuré le passé, puis j'ai brisé ma lyre !

Pour nous tout ici-bas n'est que sombre douleur,

J'ai sondé l'inconnu sans y pouvoir rien lire,

Partout j'ai rencontré le mensonge et l'erreur

Guidant l'humanité, lamentable martyre.

L'homme engendre toujours, quoi qu'il fasse, la nuit ;

La malédiction sans cesse le poursuit,

Ce ne sont que des pleurs et des peines cuisantes....

Tandis que la folie agite ses grelots,

Le refrain commencé s'éteint dans les sanglots ;

Nous n'avons même pas de larmes bienfaisantes !.....

LA STATUE

—

A M. DUFFENOIR

—

Souvent elle venait en mon humble logis,
Les yeux brillants de joie et noyés d'allégresse,
Oublier dans mes bras ses somptueux lambris,
Et verser dans mon sein sa délirante ivresse.

Timides l'un et l'autre et parfois indécis
Au milieu d'un baiser, ce gage de tendresse,
J'écoutais enivré ses chansons et ses ris :
Vingt ans ! J'étais heureux, j'avais une maîtresse.

Elle était belle et bonne et c'était chaque jour
Avec de doux serments un plus touchant amour :
Hélas ! vite au bonheur notre âme s'habitue.

J'avais cru rencontrer un cœur sur mon chemin,
Le sentir palpiter sous les contours du sein :
La femme que j'aimais n'était qu'une statue !

ESCARMOUCHES

AMIENS

—

A SA MAJESTÉ L'IMPÉRATRICE

—

Madame, un jour de deuil, sublime combattante,
Vous avez tout quitté, palais, fils, Empereur !
Pour aller dans Amiens, fascinant la terreur,
Parmi les moribonds, élever votre tente !

Vous avez su calmer la cité palpitante,
Des pauvres délaissés, ange consolateur :
Rassurant vos brebis, comme le bon pasteur,
Vous avez de la mort trompé la froide attente !

Vos sujets auraient dû depuis vous entourer
De respect et d'amour ; en votre âme admirer
Le rare dévoûment de la femme accomplie ;

Honte sur notre temps, par l'opprobre emporté !
Il chante la bassesse, adore la folie !
Mais il voue au dédain la *Sœur de Charité !*

ALL RIGHT

—

A EMMANUEL DUCROS

—

Que reste-t-il après la folle orgie,
Après l'ivresse où l'on perd la raison,
Après l'amour qui vit une saison,
Et meurt bientôt en pleurante élégie ?

Que reste-t-il, lorsque, sans énergie,
L'on voit fleurir le doute en sa maison,
Sans conserver là-bas à l'horizon,
Un peu de paix où l'on se réfugie ?

Que reste-t-il, lorsqu'à la fin du jour,
Tout disparaît peut-être sans retour ?
Rien qu'une goutte unique d'amertume...

Et des remords, c'est de tradition,
Où notre cœur à jamais se consume ?
— Il reste encore, ami, l'ambition !

AUX MILANAIS
Qui élèvent une statue équestre à Napoléon III

—

Chez vous l'airain mugit, et chez nous c'est la boue !
Paris comme Milan y jette un même nom !
Vainqueur à Magenta, vous fêtez son renom !
Par Favre renversé, nous souffletons sa joue !

*
* *

Le bronze Italien de Palerme, à Mantoue,
Fait résonner pour lui les hourrahs du canon !
De Pantin à Neuilly, l'on traine son fanon,
Aux fanges des ruisseaux, aux hontes de la roue !

*
* *

De Napoléon trois le glorieux métal
Proclame à mille échos, de son haut piédestal,
La grandeur de son âme et votre gratitude !

*
* *

Ici, fierté des cœurs ! honneur parisien !
De ses flots rugissants, la vile multitude
Détrône la colonne, au bravo Prussien !

LE UHLAN

—

Quel est donc ce soldat à la mine farouche,
Une lance à la main ? Son coursier écumant
Fait sonner le pavé ; la bave de sa bouche
Apparaît aux regards comme un brasier fumant.

— « Ce qu'il me faut à moi, c'est la funèbre couche
« Où se tord du vaincu le dernier râlement ;
« C'est le bruit du canon qui brise ce qu'il touche
« Et de sa grande voix crie à chaque moment :

« En avant, mes amis ! savourons le pillage !
« La victoire est à nous ; oh ! des pleurs, du carnage,
« Quelques brocs à vider, quelque fille !.... en avant ! » —

Soldat au cœur de fer il bondit dans l'espace.
— Mes enfants, garde à vous, c'est un uhlan qui passe. —
Et le trot s'éteignit emporté par le vent !

ROSSEL MOURANT

—

— « J'ai vu gronder l'émeute... Et la sombre terreur
Ramenait dans Paris les crimes d'un autre âge ;
Des milliers d'assassins écumant de fureur,
Se livraient sans relâche au plus sanglant carnage !

« Le feu des passions a calciné mon cœur,
La poudre des combats a noirci mon visage ;
Le râle des mourants, la guerre en son horreur,
Jamais n'ont ébranlé mon âme et mon courage.

«Lamort !.. depuis longtemps je suis son compagnon !
Je l'ai vue accourir à la voix du canon,
Dévorer mille fronts qui bravaient la mitraille !

« Depuis longtemps son spectre, assis à mon côté,
Creusait de mon tombeau l'obscure éternité !
Faut-il qu'en ce moment mon faible cœur défaille ! »

DÉCEPTION

Le vicomte de Z...., — on l'appelle Gontran. —
D'un jeune ambassadeur, riche et grand feudataire,
Des tendres passions précoce vétéran,
Depuis moins d'une année est, je crois, secrétaire.

La femme est selon lui, ce dangereux tyran
Qu'on doit fuir, en tous lieux, bien qu'il ait tout pour plaire ;
Vingt-huit ans, noble cœur ; chose rare, exemplaire,
Il aime l'évangile autant que le coran !

Un soir sans y songer, son cœur brûle et s'enflamme,
Sous un regard ardent qui lui pénètre l'âme ;
Si bien qu'un mois plus tard il s'éveille mari !

L'amour comme la lune et s'accroît et se gonfle,
Mais qu'elle est sa surprise avant qu'il soit tari
D'entendre dans son coin son épouse qui.... ronfle !

LEÇON DE SCIENCE

—

Si j'étais docteur, par ma foi, fillette,

Tu saurais l'amour !

En faisant ma cour,

Je t'enseignerais comme on est coquette.

***

Ainsi qu'un chasseur l'on est en vedette,

Veillant à l'entour,

A chaque détour,

Et du haut d'un arbre, assis on te guette.

***

Prise en mes filets,

Sous peu tu seras une fille instruite,

Qui ne craindras rien, fine chattemite !

***

Ces cheveux follets....

Mais sot que je suis.... qu'elle est ma folie !

Point ne suis docteur.... c'est ce que j'oublie !

Traduit de Francesco Cimmino.

LA CLÉ D'OR

—

Dans les longs soirs d'hiver,
Qui s'écoulent en fêtes,
Petite clé vous êtes
Un joyau qui m'est cher !

Votre pouvoir d'enfer,
Dans les chambres secrètes,
Près des femmes discrètes,
Egale à Jupiter.

Ne pensez pas, ma mie,
Que ma coupable main
Trouble quelque endormie.

Loin ! pensée ennemie !
Je suis honnête humain
Et je vous vends demain !

Traduit de Francesco Cimmino.

L'HIPPODROME

—

La foule garnit toutes les banquettes
Du vaste Hippodrome et les spectateurs,
S'ennuyant après les ardents lutteurs,
Lorgnent leurs chapeaux pendus aux broquettes.

Tous les ouvriers ôtent leurs casquettes,
Pour mieux applaudir les gladiateurs ;
L'on étouffe ici ! les ventilateurs
Font éternuer deux mille coquettes,

Mais attention ! le clown favori,
Avec son maillot, couleur colibri,
Fait retentir l'air de sa verve folle.....

Sous ses ris nerveux, il saute, étouffant
La douleur sans nom que le bruit affole !
C'est qu'hier est mort son unique enfant !

TABLEAU NATURALISTE

—

A ANDRÉ GILL

—

Sous l'âpre vent du nord, la neige amoncelée
Roule en tourbillonnant au milieu des trottoirs,
Les gardiens de la paix regrettent leurs dortoirs ;
Le temps est vraiment dur, la nuit est étoilée.

Mais à la maison d'or, la joyeuse assemblée
Des gommeux abrutis, empile aux égouttoirs
Ses cannes et va rire aux longs *bars* : ces comptoirs
Anglais où gît la grue à la mine éculée.

Sous le jour cru du gaz, et d'un pas somnolent,
La balayeuse en bas marche et pleure en tremblant ;
Cependant elle est jeune et ses noires guenilles

Cachent des seins meurtris ; son flanc, que le froid mord,
Porte un septième enfant ; les plus grands, ses trois filles,
Travaillent ; son mari, lui, la bat, ivre-mort !

Table

TABLE

—

DÉDICACE

TENDRESSES

CAPRICES

TRISTESSES

ESCARMOUCHES

OUVRAGES DE THÉODORE VIBERT

EDMOND REILLE, roman philosophique, 2 vol., in-8, Paris, Dentu. 1856. Épuisé.

LES GIRONDINS, poème épique national, en douze chants, 1 vol. in-8, Paris. Vannier. 1860 (3e édit. en 1866. Épuisée).

LES QUATRE MORTS, poème en quatre parties : la mort du *Christ*, la mort de *Louis XVI*, la mort de *Napoléon*, et la mort de *Voltaire*, brochure in-12. — Paris, Vanier. 1865 (3e édition complètement épuisée).

RIMES D'UN VRAI LIBRE-PENSEUR, poésies diverses et satires gauloises, in-8. — Paris, Ernest Leroux, 1876. — 3 fr. 50.

MARTURA, poème. Paris, Ghio, 1879. — 1 fr.

LES QUARANTE OU GRANDEURS ET DÉCADENCE DE L'ACADÉMIE FRANÇAISE. — Sonnets. Paris, Ghio, 1880. — 2 fr.

LE CONSEILLER RENAUD, nouvelle. Paris, Ghio, 1880. — 1 fr.

LE DROIT DIVIN DE LA DÉMOCRATIE, étude philosophique et sociale, sous presse.

OUVRAGES DE PAUL VIBERT

LA DÉMOCRATIE IMPÉRIALE, brochure politique, in-32. — Paris, Lachaud, 1874. — 15 c,

DIZAIN DE SONNETS, première série, brochure in-18. — Paris, E. Lachaud et Cie, et veuve Remondet-Aubin, à Aix, 1875. — 50 c.

DIZAIN DE SONNETS, deuxième série, brochure in-18. — Paris, A. Chérié, éditeur, 1878. — 50 c.

DIZAIN DE SONNETS, troisième série. 1879, A. Chérié. — 50 c.

SONNETS PARISIENS, avec traduction en Sonnets italiens, édition de luxe, 1880, chez A. Ghio et chez I Fratelli Carluccio, Largo Trinita Maggiore, 21 p. p. à Naples (Italie).

ARSÈNE THÉVENOT, sa vie, ses œuvres, étude biographique. — Paris, A. Chérié, 1877. — 60 c.

AFFAIRE SARDOU, mémoire à la presse, Paris A. Ghio, 1880. — 1 fr.

Théâtre

L'AFFAIRÉ, comédie en trois actes de L. Holberg, traduction de MM. Alfred Flinch et Paul Vibert.